JN094870

ぱ～ま～の宝箱

時の宮 斉る実
TOKINOMIYA Narumi

文芸社

まえがき

大切な我が子を、大切な我が子の命を親が〝天国〟に。その子の気持ちを思った時、いたたまれず何がなんでもどうしても〝命〟だけは救いたい……。私に何か出来る事はないか……。そうだ古いけど五十年前の走り書きした育児日記の子育て楽戦自由詩が役に立つかも……親バカの姿かもしれませんが……。

以前に子供達が次の様に言ってくれた事があったのです。

「可愛がって育ててくれたんだね」と長女……。

幼児期の事は覚えがなく、私共二人は多忙ですっかり忘れていました。

「学童期の叱られた事しか残っておらず、〝楽戦自由詩〟見て、嬉しかった!!」

この時こそ育児自由詩を書き残しておいて良かったと思いました。

育児程大変で、そして貴い仕事はありません。

いたずらばかりの姿の中に〝あどけない天使の仕草〟に〝無邪気な可愛い姿〟に大きな生きる力と喜びを親は与えられ、共に育つのです。〝早く元気で大きくなって〟と毎日祈った日々が思い出されます。

親は食べなくとも子に与え、あの小さな我が子がまともに育つのか、不安ばかりの一年間。ようやく〝ハイハイ〟が出来るようになった時の〝よろこび〟は、一生忘れることはないでしょう。

この〝よろこび〟は、私だけでなく、多くの方々が、実感されていることでしょう。

ご多忙のことと存じますが、ご一読のチャンスがありますように。

〝若いお父さん、お母さん方〟に、ほんの少しでも、お役に立つことが出来ましたならこの上なき幸いでございます。

令和二年　四月吉日

ぱ～ま～の宝箱　目次

第一部

第二部

次女春タンの絵。
〝いもうと〟は姉妹のように仲良しの友達の松井奏子ちゃん。

五才の頃の春タンが、大好きなお姉ちゃんをかきました。

第一部

生命力の強さよ

この青く美しい地球に〝宿りし赤子〟
妖精は、お腹の中で、大運動会!!
十日早めの、クリスマス生まれ。
そのため、二五五〇グラム。
ママは生死をかけて、頑張った。
「オギャー」泣き声は第一級。
おやせの、ドングリ目の大きなお口。

頭は〝クルクル〟〝フワフワ〟の黒髪。
ミルクを飲むこと、飲むこと三人前？
「ケロリンシャン」で、グイグイの一気飲み。
それでも、不足で、ギャーギャーの大泣き続行。
生きようとして、必死なのだ。
この生命力の強さよ!!　強さよ!!
新米ママも、負けずに頑張るからね!!
子供のおかげで、若き親も成長出来る。

〝ありがたきかな〟。共に〝元気な成長唯祈る〟

最高の使命

悲しい、痛ましい、ニュースが流れている!!
ついについに天国に。命は命は二つないのに。
子育ては、何より大変で、苦労もある。
でも、何より貴く何よりも楽しいもの。
小さく儚い、手のかかる弱々しい赤子を、
元気に育てる事の、大変さよ!! 大変さよ!!
親も子も、一大決心の、戦いだ。

共に、生死をかけた、涙の誕生!!
親は、食べなくとも、子を第一に思い、
病気になれば、不眠不休の看病に明けくれ。
「もうだめ、自分が病に、倒れる」
その時は、助けを沢山沢山求めましょう!!
勇気出して行動する、これが何より大切。
お互いに助け合い、育児に頑張ろう。
子供は宇宙の宝物、儚い宝石の玉手箱。

だからこそ、〝最高の使命なり〟〝俥命なり〟

五本指でギュッ

「ご飯ですよ。いらっしゃいよー!!」

どこからともなく「ハーイ、ハーイ」

パパは、おかしくて、「頭見ーえた?」

〞トコトコ、ケラケラ〟滑り込みセーフ!!

「離乳食、がんばって、食べようね」

お手々洗って、お花の前かけ大きく広げ、

「アッ」五本指が、お皿の中に!

「ギュッギュ。メッ、だめ！　はいスプーン」

今度は、パパのスパゲッティーを、

〝ギュッ〟とつかんで、お口の中に……。

美味しそうに、〝モグモグ、ウマウマ〟

離乳食を全部たいらげ、「グースカピー」

「お昼寝後は、お利口さんで遊んでね」

ママは、お箏と、夕食作りで天てこ舞!!

「沢山沢山食べて、早く早く大きくなーれ」


幼児食の大変な事、成長するには一番大切なの!!

ペコペコ ゴーゴー

アータンに「ありがとう」を教える!!
ママは頭下げて〝ペコペコペコ〟を何度か。
すると〝キュッ〟とお尻をつき出し、
頭を一度に〝ペコペコペコ〟と三回。
嬉しそうに「アンガト、アンガト」
「上手、上手、アータン、出来たね」
この仕草の、愛くるしいこと……。
お菓子をもらう時は〝ペコペコ〟ダンス。

お菓子をあげる時は〝ゴーゴー〟ダンス。
可愛いお尻を、右左にふりふり「どぞ」
これは知らぬ間に。びっくり仰天！
幼児のあどけない仕草は、天使のつぶやき。
無邪気なこの仕草に、大人は心和む。
育児は、この世で一番大変な仕事……。
苦労はあるけど、やりがいのある大切な仕事。

毎日毎日の、素晴らしい成長を、楽しみましょう。

お願いだから

幼子は、いたずらしか、知らないの。
手当たり次第、〝ゴソゴソ〟動いて、
味見するのが、大好きなんだ。
おもちゃは、すぐあきちゃうし!!
「パパママの物が、なんでもほしいの」
どんな物でも、さわってみたくて!!
どうなってるか、たたいて、見るだけ。

いたずらしても、許してほしいの。
お願いだから、たくさん叱らないで!!
やさしくやさしく教えて、そのうちに、
智恵もついて、可愛い美人ちゃんになって、
立派な女の子に、なれると思うから。
パパママに、ほんの少しだけお願いがあるの!!
アータンの前で「ガミガミ言い合いやめてほしいな」
「ごめんなさい、気をつけます。ついつい気がゆるんでお許しを」
パパママは、小さな我が子に、教育されつつ一人前に。

つい抱き上げて

朝、パパが急いで、出かける頃になって、
決まってとび起きてくる人は、誰かな?
素っとぼけた顔して、目をこすり、こすり、
〝ノソノソ〟出て来て、「抱っこ抱っこ」
パパは気になりながら、放っておけず、
ついつい抱き上げて、「早く帰るからね」
無理におろして、そーっと出かけると、

ハンドバッグ二つ持って〝ドタバタ、ドタバタ〟

靴をはかせてと、泣きだしどうにもならず。

パパはそっと抱き上げ、ほっぺに「チューチュー」

アータンは、ついて行く気で、はりきっている。

「今日は、月曜日、お仕事の日です」

「お利口さんで、我慢、我慢するしかないの」

パパの帰りを、ママと一緒に待ちましょう。

今日も一日元気で、食べていたずらも〝ジャンジャン〟頑張って。


パパママは、毎日〝ハラハラ〟〝ドキドキ〟しながら楽戦中なり。

ごめんね許して

今寝ついたばかり、このあいだに……。
急いで急いで、ママはお買い物。
気がせいて、走って走って帰ってみると、
アータンの、すごい泣き声がする。
泣いて泣いて、走りながら必死に声を出し、
〝ドタバタ、ドンドン〟ドアを叩く音が。
そこにママが!!　ドアを開けると目の前に、

涙と鼻水で、顔は〝春の小川〟の我が子が。

「ごめんね。ごめん。悪かった悪かった」

「ママ、もう置いて行かない。おんぶね」

淋しさと恐怖で、シャクリあげて大泣き。

しっかり抱きしめ、ほほずりすると、
ようやく泣き止み、顔を上げふるえが止まった。

「おんぶ、おんぶ」と、抱きつきはなれない。

子供には、親だけが親だけが〝たのみ〟なのに!!


貴重な、幼児期は二度とない。大切に大切に。

いない、いないバー

レースのカーテンに、かくれて、
何やら、盛んにやっている出たり入ったり。
不思議で不思議で、たまらず、〝ケケラ、ケラ〟
「いない、いないバー」をやり出した。
こちらが、しらんぷりをしていると、
下からのぞき「バーバー」をくり返す。
レースだから、全部見えているのにおかしくて!!

かくれたつもりで、〃ニンマリ〃
大きな口して〃ケケラ、ケラ〃
唯々無心で楽しくて、声高らかに、
こちらもつられて、ついついいつまでも大笑い。
一緒になって「いない、いないバー」
玄関の方で〃ガチャガチャ〃ドアの音。
「アッ!!　パパだ!!　パパだ!!　お帰りなさい」
「いない、いないバーだよ!!　パパ、パパ」

パパはお夕食。今度はママとあそぶのだ。パパ待ってるよ。

メンネ、メンネ、ペコン

「コラ!!　春!!　なんばしちょる?」
お姉ちゃんが、〝カンカン〟に怒っている。
次々と引き出し、姉の物をこわすから。
かげんしてそっと、お尻を叩くと、
〝ハンガー〟で思いっきり〝カーン、ピターン〟
春ちゃんは、妹で、四才も年下なのに。
なのに、お口達者で、威張っている!!

「コラ〝春〟少しはかげんせい!!」

タンコブが出来、すごく痛そうだ。

「春ちゃん、だめでしょ、〝ゴメンネ〟は？」

タンコブを〝そっと〟なでながら、

「メンネ、メンネ」とお尻つき出し頭を〝ペコン〟

〝ペコン、ペコン〟でお姉ちゃん大笑い。

こうして、〝姉、妹〟は、仲直り。

「コラ、タンコブにさわるな痛!!　痛いのだ」


生意気春ドン、〝お願い〟やさしい女の子になってね。

お散歩だよ

ママとお花を、つみながら、
お散歩するのが、一番大好き。

公園で、友達と遊ぶのも大好きなんだ。

靴をぬぎ、靴下だけで平気だよ。

嬉しくて、楽しくて上機嫌!!

「マイカーママにあーげた。歩きたいよ!!」

「カラコロカラカンいい音だ。つま先痛いよ」

ようやく、我が家に近づいた。

なのに、園児の列、見つけたよ。

「ついて来るよ来るよ。あのチビタ」

園児も、喜んで、大はしゃぎ!!

「まだまだついて来るよ。おもしろ!!」

怒りたくなるけど、あきれはてて、ついつい立ち見。

「寒くなったよ、もう帰るよ春チビタドン!!」

明日は、風邪でお散歩なしになるわよ?

「皆〝バイバイ!　ありがとう〟。また、明日のお楽しみ」

ちょこっとだけ

ママが、きれいな毛糸で編み物してる。

〝サッサ、サッサ〟と上手だな……。

「ママ、ママ、ちょこっとだけさわらせて」

〝ヨタヨタヨタ〟と丸い五本指が……。

編み棒を、〝ギュッ〟と握りはなさない。

「アータン、はなしてお願い」

毛糸を口に入れて、モグモグモグ。

「これだめ!!　アータンにも一セット」

丸編み棒と、きれいな三色の毛糸をもらい、
嬉しそうに〝じっと〟見つめてニヤニヤニンマリ。

この間に早く早く、編みましょう。

「アッこれは、どうしたことか、ちょっとのすきに……」

一玉〝グシャグシャ〟で、ほどけない。

唯々あきれはて、笑うしかないよう〜。

我慢、我慢、幼子はこうして、色々お勉強するのだ。


ママもさっと忘れて、自分の仕事と育児に熱中してね。

奇妙　奇天烈

今日は、ジージとバーバが、来てくれる日。
アータンが、静かに一人で遊んでいる。
サングラスを、どこからか持ち出し、
顔に〝パッ〟と当てては〝バー、バー〟
かがみを前に、取ったり付けたり。
幼児にサングラス、なんとも奇妙で奇天烈。
おかしくて、ジジババも転げて大笑い。
パパが変顔で、目に当てると、怖い人に。

赤鬼のような、怖い顔でパパにらみつけ、
必死にしがみついて、パパの体によじ登り、
じっと見つめて、サングラスに直行。
ママがかけると、ニソニソ笑いが始まり、
下から覗きこんでは、「バーバー」〝ニソニソ〟
ジジババの顔にも　サングラスを当てて、
アータンは、得意になって手をたたく。
子供の仕草で、皆がいやされ手をたたき、
苦労を忘れて、また明日も頑張れる。

きっときっと、毎日素晴らしい楽しい事に出会えますよ。

パパ食べないよ

「テレビの中、どうなってるのかな?」

不思議不思議でたまらない??　春ドン。

「テレビ大好き、CMはもっと大好き」

目をまん丸にして、じっと見つめ続けている!!

CMになると、どこからともなく〝とんでくる〟

いくら呼んでも、返事なし。ママは〝プンプン〟

知らん顔の〝春ドン〟が立ち上がった。

ＣＭでパパに似てる人が出てくると大喜び。

パンを、テレビのパパの口に。アメにビスケットも。

ピッタリつけて、静かにじっと頑張っている!!

「パパ、パパ。食べて!!　食べて!!　ビスケットだよ」

「おいしいよ。〃アッ〃パパいない?　消えちゃった」

ちっとも食べないと怒り、泣きじゃくりながら、
テレビに「アカンベー」をして〃キック〃を始めた。

その顔の、おかしい事、お見事なり。


お春ドンに「見てね、見て」を、テレビがしているよ。

半デベ小豚ちゃん

日光浴で、ピカピカきたえたお春です。
「アッ」と言う間に、丸裸の素ポンポン。
一人で、次々脱いでは、放り出し……、
〝半デベ〟出して「キャッキャッ、キャッ」
お腹をふくらませ、〝プープープー〟と?
自力で思いっきり、見事に鳴らす。
〝ウンチ〟できたえたこのお腹。「ポンポン」

「本当にびっくりするよ。ほめてね!!」

「パパと姉ちゃん見て!!　まねする?」

夕方になり、少々風が出て、「オー寒」

平気の平気の〝ブリブリ〟のチビ小豚?

家中走り回って、すみで〝シャーシャー〟

「コラー、何しちょるか?　チビ小豚」

お姉ちゃんに、見つかっちゃった。内緒内緒。

もうママが〝プリプリ〟めちゃ怒ってるよ!!


「ママ、メンネ。メンネ。もうシャーしないから、ママ」

あせらずゆっくり

ママが、ちょっと、咳をすると、
走ってきて、背中を〝トントン〟
パパが、帰るとすぐ〝だっこだっこ〟
食べかけお菓子を、パパの口にねじこみ、
姉が帰ると、すぐ薬箱を持ってくる。
「痛くないよ、ガンバだよ、ガンバね」
「今日は血なんか出てないよーだ」

「お姉ちゃんおやつあるよ。食べる?」
「おかしいぞ、また何かいたずらしたな?」
パパもママも、面白くて笑っているが、
少々オナマで、オシャマな春が気になる。
姉が、叱られているのをじっと聞いて、
妹なりに、しっかり考えているようだ。
楽しくあせらず、叱らずゆっくりと、
個性を生かして、親は子を見守り育てる!!
親も小さな子のおかげで、共に育つのです。

消えちた!!　カンカン

今日は、久しぶりの、ドライブだ。

なんとも、嬉しい顔して〝ニッコリ〟〝ニヤニヤ〟

めちゃくちゃ〝グイグイ〟ハンドル回す。

「コラ！　メッチ！　手をはなせ事故になる」

「許さん！〝アータン〟ピンピンだよ」

パパは〝カンカン〟に怒って怒鳴っている。

何が何でも、〝チョコチョコ〟手を出し、

「クルクルクル」と早廻し〝アッ〟と言う間だ。

怒りながらも、「負けないぞ！」「パパ負けだ」

「一才半の〝豆チビター〟オイヤメロー」

「アッ!! パパの大好きメロメロー、消えちた」

パパもママも「カンカンカン」もう切れた。

次から次へと、よくもまぁー素早く、
ママも必死で、手足を束ねているのに!!

子供の生命力、行動力には唯々感動!!


幼児期の成長は早い。毎日を大切に悔い無く。

実になんともはや

〝上がり目下がり目〟の絵本を、持ってきて、
「アーアーア」と手を叩いて歌えと教える。
鼻を〝ギュッ〟と上げ、下がり目が一番好き？
パパが、面白く、教えたらしく、
実になんともはや、面白おかしくておかしくて!!
〝ひょっとこ〟そっくりで、皆で大笑い。
次はママの顔を、いじくり出した。

上げたり下げたり、チューしたり、好きなように。

〝ぽちゃぽちゃ〟の、愛くるしい手で、クルクルと、
最後に鼻の中に、指二本をギューと入れる。

「コラ!! 痛いよ、もう終わりやめて」

「アータンの鼻に!! コラ逃げるなー」

仕事もあるし、食事の用意もあるけど、気にせず、
子供の相手で、いやでも愉快な毎日だ。

友達に助けを求め。遊びの中に我が子も入れて!!


大切な、その日その日を〝くよくよ〟せずに、楽しもう。

二人で泣くの

次から次と、いたずらばかりの毎日。
あんまり、叱ってもいけないし、
許してばかりも、本当にきりがない。
情けなくて、どうしたらいいのか?
どうにもママは、怒れ怒れて半泣きだ。
すると春タン「ママ、ママ」と、泣き出した。
しばらく親子で、絵本を見たり、らく書きあそび。

でもママ、お仕事あるから〝サークル〟で、
一人で静かに、絵本見ててね。「お願い!!」

ほっぺに〝チュー〟したママは大声で、

「もう少しおりこうさんになって、春タン」

「カベやドアにらくがき、ダメダメメッチだよ」

「この大きな紙に、グルグル、キコキコしててね」

無心に◎や△□を、めちゃくちゃに、らく書きあそび。

書き疲れたのか、絵の中で大の字、〝スヤスヤ〟〝ムニャムニャ〟

大助かりで、仕事が終わり、夕食の用意が出来ました。

おどろ木桃の木

一人静かに、何か盛んにしている。

「一目お見せしたい、ほどです!!」

「それはそれは、すごいんだから」

ボールペンで〝グイグイグイ〟と、
左手だけじっと、見続けていると。

熊の赤ちゃんの、手そのものなのです。

自分の左手の甲が、まっ黒で、痛くなかったの?

おどろ木桃の木山椒の木。腰がおかしい!!

その手つきの、早いこと。早いこと。

今度は、ママの手に「グイーグイー」

「やめてやめて、お願いだからだめ!」

「中々消えない。熊の子になりそう」

こうして、子供は成長してゆく!!

なんと多忙で、おどろく事の多き毎日!!

病気もせず、ここまでよくぞ大きくなった!!


この先、色々あると思うが〝唯々無事〟を祈るのみ。

お姉ちゃん我慢して

お姉ちゃんが、血を出して帰ってきた。

すぐ走ってきて、背をさする。

「痛くないよ。大丈夫だからね」

「今消毒するよ。お利口さんだからね」

綿花に薬をつけ、傷口を、そっと消毒をしている。

一人前に、真剣にどんぐり目でふいている。

「やめて、染みる染みる痛い痛いよ!!」

「お姉ちゃん〝だめだめ〟静かに」

「すぐ終わるから!! 〝弱虫姉ちゃん〟」

姉は、とうとう逃げだした。

「お姉ちゃんの、バカバカ知らない」

怒りながら、アカンベーをしている。

「ばんそうこうは、自分でしっかりと」

妹の方が、世話好きで、お生さん。

「お生の妹には、苦労するよお母さん」

パパもママも、安心しているよ、お姉ちゃん宜しくね。

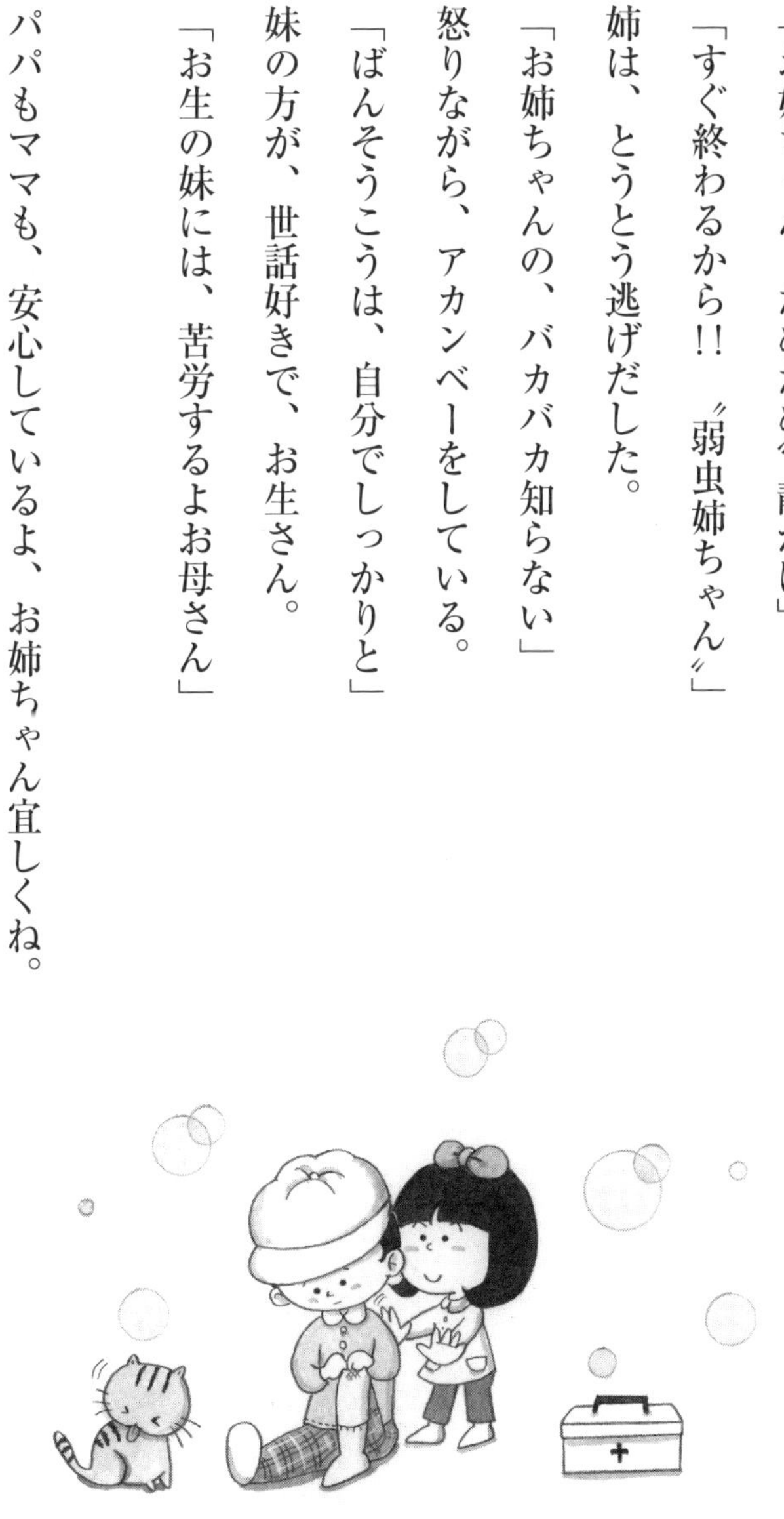

二人に大目玉

二才半の、チビちゃんでも、
すごい顔して、怒ってくる！　キックしながら。
こちらが「メッ」と、叱るとすぐに、
倍の勢いで、うなり出すから面白いよ!!
パパママは、大声でディスカッション。
すると、チビちゃん「ウーウーオーオー」
足ぶみしながら、全身で吠えている。

二人は、びっくり「ゴメンゴメン」

「アータンいなかったら、どうなるの？」

一度で効くから、大した役者だ。偉いもんだ。

「パパママ、反省してちょうだい」

「はい、もう二度と。気ーつけます」

じっと二人を見て、動こうとしないのでびっくり。

子供のおかげで、親になり人間になれる。

ありがたい事。心から感謝するのみ。


子供の前では、言葉に注意、お恥ずかしい限りなり。

プクプク欲しい

パパママが、口から〝プクプク〟いいなー。
「シコシコシコ」プクプク出して歯みがきだ。
「アータンも」うなって欲しいと動かない！
小さいブラシで、〝キュッキュッキュッ〟
「アレ、プクプク出てこないよー？」
「ウーウー」どうしてもプクプクちょうだい。
プクプクもらって、〝ゾゾゾのゾー〟

身ぶるいしながら、我慢しながら、
一人前に〝コチョコチョ〟と頑張る。

今度は、パパママのが、どうしても!!

持ってみたくて!! 何がなんでも欲しいのだ。

「いたずらしか知らないの。アータンは」

大きいブラシを、〝無理矢理〟口に入れたが?

「動かないやー」「こりゃダメダー」「イタター」

今日は朝から、猛特訓で〝バタンキュー〟


もうプクプクいらないよ。小さなブラシが大好き。

第二部

キューピット

アータンは、ソファーに座るの大好き!!
くりくりもみじの、お手々と両足を、
パパママの、胸の中に手を入れ、ソファーにデーン、
お目々細めて、嬉しそうににっこり。
『夏も近づく八十八夜』が、大好きで、
首をふりふり、お尻をぶりぶりおどりだす。
ママが変な、歌い方を始めると、

すぐに怒り出し〝キック〟の連発。
フルスピードで、歌い始めると、
全身ゆさぶり「ケケラケラ、ケケラケラ」
アータンの笑い声は、青き大空。
おかげで、家族そろって、大笑い。
昨夜の気まずい、言い合いも、〝八十八夜で〟
どこかに、ふっ飛んで消え去った。
アータンは、パパとママの〝キューピット〟

元気でおどりの上手なキューピット、パパとママを宜しくね。

コロリンシャン

ママがお箏を弾くと、ルンルン気分で、
アータンは、サークルベッドで、おどり出す。
あきてくると、足出し手出し邪魔をする。
ガラガラ、ピーピー、ジャンジャラジャン。
たまには、「キョトン」顔できいている。
「アレ」手がのびて、楽譜をつかんではなさない!!
「ダメダメ」返して!!　食べないで!!

「大事大事。それだけは、やめてお願い」

「練習しないと大変。むずかしい曲なのよ」

『春の海』を弾くと、なぜか静かに、聞いている。

好きな曲らしく、じっときいて〝ニンヤリ〟。

「目と目が合って、ケラケラ、バー」

名曲の良さが、分かるのか？　分かるらしい。

神妙な顔して、「ママ、シーシーシー」

成長したら、一緒に弾こうね。よろしくね!!


アータンが「春の海」を弾く時が、早く早く来ますように。

唯々!! 唖然

「ママ、その着物春に、ちょうだい」
「いいよ、みんなあげるよ。〝でも〟
お姉ちゃんにも、あげてね」
「うんいいよ!! だけど春の、
女の子供にもあげていい?」
「春もう、子供の事まで、
考えてるの? 早すぎです」

「うんそうだよ!! だから、
いい子、産むんだもん待っててね」
「女の子産むの!! 美人ちゃんで、
やさしくて、格好いい子!! 可愛い子」
びっくり!! しゃっくり〝ポカーン〟
おませの春に、唯々!! 唖然!!
今、五才? 本当? まだ母乳が恋しくて、
ママと二人だけの時、そっとそっと。

胸の中に、手がそっと入って来る? 時もあるんですよ。

春ちゃんはパパ

お昼ご飯の用意をしなくては。何しよう困ったな？
みそラーメンに、玉子二個とハムと、
一人前を半分ずつに。若ネギ増量で。
「ママ、野菜とお肉食べたいから、
早く料理して、くれないかい？」
「春ちゃんは、食べたいんだから」
パパの真似して、そっくりに言うのだ。

ママはおったまげて、急いで料理をする!!

「ママ、小さい魚も持って来てくれ!!」

「歯を丈夫にするんだからね!!」

〝ポカーン〟となって声も出ない。

三才と十か月。パパの代わりを言うのです!!

一度に沢山食べると腹痛(はらいた)になるからラーメンだけよ。

「夕食の時に、色々用意するからね」

びっくりママは、腰がぬけて〝ヨタヨタ〟

小さい幼児と、思っていたら、大変な事になりました。

パパのお帰りだ

一日中、さんざんに、待ちに待ったよ。

夜、遅くに「ただいま」とパパの声。

嬉しくて嬉しくて。走って走って。

「パパ。お帰りちゃい。パパ抱っこ」

抱っこで、チューチューの連発だ。

パパが座れば、その横に〝チョコン〟

「パパの夕食です。お邪魔虫はだめよ!!」

ソファーにかければ、一緒に〝ドカン〟
新聞を広げて、二人で仲良く見てるよ。
いやになったら、パパの背にのり……、
ほっぺをすりよせ、ついでにチューチュー。
パパの小指を、アータンの口の中に入れたよ。
〝ギュー〟と思いっきり。「アイタター」
「痛い痛い!!　指切れる。口はなせ。アータン」
びっくり幼児の歯のムズムズで、苦労を忘れて大笑い。

百の疲れも、子供の驚くびっくり行動で、どこかに消える。

大声で春が来た

やっとのことで、二才と二か月。

いたずらばかり、していたけれど、
少しは、いい子になった〝アータン〟なんだ。

「ABCも、少しだけど、歌えるし」

リンゴは〝アップル〟、本は〝ブック〟

歌も八つは、歌えるし、笛もふくよ。〝ブーブーブー〟

「いつもみんなが、教えてくれるんだ!!」

「難しくないよ、真似っ子だよ」

昨日の夜中、急に歌いたくなったんだよ。

〝春が来た〟を、大声で歌ったら、楽しかったけど、
ママに、思いっきり、怒鳴られた!!

「夜は静かに寝るの!! 歌はまた明日ね」

まだ、哺乳瓶から、お乳飲むよ? おかしい?

〝オムツ〟も寝る時は、つけるけど、変!?

だんだんお利口さんに、なるからね!!


首を長くして待っているよ。約束したからね。

きれいになるの

ママがそっと、お化粧を始めると、
小さなクリクリおててを、次々と。
同じように、つけないと「ウーウーウー」
すきさえあれば、鏡の前で〝コソコソ〟
〝そっと〟ふすまを、閉じて始める。
まだ母乳は、飲んでいるし、おむつも。
ママがだんだん、美人ちゃんになるよ。

「春タンも、美人ちゃんが、いいの!!」

今日も色々ぬったの？　可愛くなった？

「ママとお出かけ、お手伝いうれしいよ」

ハンドバッグ持って、おやつ持って!!

きれいなお顔で、おさがり服で上機嫌。

お気に入り帽子をかぶり、〝ルンルン〟よ。

ママは、乳母車を引いて、春タンを中に。

帰りは、買い物を入れ、〝春の小川〟を歌うんだよ。

乳母車の中は、美味しい物と美人春タンで花盛りです。

おんぶおんぶ

足の取れた、ねんね人形を、嬉しそうに、
ちょこんと、背おって「ねんね、ねんね」

「おせんべい食べる？　美味しいよ」

頭を下げたら、ズルズルポターのポタッポトリ!!

次は大きな、ピンクの熊の子人形を、

「可愛い熊ちゃん、春タンママよ？」

得意気に歩き、すっかりお母さん気取り。

「クマタン、いい子、〝スヤスヤ〟おねんね」

これみた姉が、大爆笑!! そんなに何が?

「シー静かに。赤ちゃん起きて、泣くでしょ」

完全に、親になった気でいる春タンママ。

背の子とそっくりの春の顔が、なんともおかしく?

知らぬ間に、ママのする事よく見てて、
だんだん覚え、女の子になっていく!!

早く早くその日が、〝夢のその日〟を唯祈る。


我が子の〝成人式〟を夢見て、悔いなく、くよくよせずに。

一人前にお手伝い

春ちゃんは、叱られると、決まって、
急いで、そっと〝お手伝い〟を始める。
〝トイレ〟をブラシで「コチョコチョ」
汚れをじっと見て、真剣に磨いてる。
次はゴム手袋を、大きすぎてブカブカ!!
〝オシッコオムツ〟を洗っている。
親のする仕事を見て、すぐに覚えまねをする。

「アッ」トイレットペーパーが終わりそう。
〝クルクル〟引っぱり、紙の海どうしよう?
「コラー！　春タンのわる、出てきて!!」
ママに見つかり大目玉、許しませんよ。
「春タン〝クルクル〟もうしないから!!
お手伝いも、するからママ、ママ!!」
これも知恵つきと、喜びましょう。
毎日が親子共に、はらはらの連続だ!!

子供が元気でなくては、起こらないドッキリ事件なり。

頑張ったよ

「アッ、やっている、やっている」
目の玉、白黒させながら力を入れて!!
まっ赤になって、うなっているアータン。
子供のオマルに、またがって汗をかき!!
ふるえながら、両手、両足ふんばり、
「ウーンウーン、早く早く出てきてよ。
頑張っているのに、出ないよー助けて」

ジジババは、両手に汗をかき、笑い泣き!!

パパママ、野菜と果物(くだもの)を、増量だね?

背中さすって〝ガンバ!! ガンバ!!〟

「アッ、ちょこっと顔出したもうちょいだ」

大きいすごいの、出た出た〝ヤッター〟

「小さいのに、よく頑張った。偉い偉い!!」

昔は腸が弱く、すぐ注射、丈夫になって良かった。

だんだん、一人前になってきたね〝アーダン〟。


長い長い人生。丈夫で元気な体が一番の宝なり。

サーカスなのに

パパがソファーで、足組みして寝ている。
気持ちいいのかな？　真似してみよう。
時々〝デーン〟とソファーに寝るんだ!!
「両手両足動くから、おもしろい!!」
絵本は両手で〝パラパラ〟見ること出来るし、
ミルクは両足で〝クルクル〟回しのみ。
見事なサーカス、真似しないでね!!

アータンが、何しているのか、あまりに静か、
のぞいたママは、びっくり仰天息止まる。

「コラ!!　その格好は、許しません!!」

いつの間に!!　もういや!!　絶対だめだめです。

「ママには、出来ないサーカスなのに？」

子供の発育の早いこと、良い事も、
悪いことも、毎日毎日驚きの連続なり!!

嬉しいやら、びっくりするやら、喜びましょう。

何が起きても〝成長成長〟、驚く事はありません。日々成長。

コラ!!　H!!　豆金太

お尻が、お猿さんに、ならないように、
毎夜、〝ジャブ、ジャブ〞に、入るんだ!!
パパと入る時、なんだか泣けてくる?
ママとお姉ちゃんと入る時は、いい子だよ。
「気楽に、お風呂に、入りたいよー」
いつも言う人、どこの誰かしらね。
今日は〝母の日〞、一人風呂のプレゼント。

ゆったり入って、しばらく極楽気分に。

最高の贈り物、ありがとう、お花もサンキュー。

「ウヒヒ」パパと、㊎腹巻の豆金太が、
嬉しそうに？「ニヤニヤ」のぞき見だ！

「コラ!!　H!!　豆金太とパパ!!　許さない!!」

「たまには、ゆっくり、洗いたいよ〜」

二人共、早くパジャマに、風邪引くよ!!

お姉ちゃんを見習ってお利口さんになってね。


多忙の中に、幸福な一日をありがとう。唯々感謝。

待っててね　楽しみに

勇ましい〝アータン〟にも春がきた。

「可愛いおひなさまを、飾りましょう」

ひな段組み立て、一休み中に!!

最上段まで、はい上がり「マンマ」

ママはびっくり、声も出ず!!

とっさに掴み取り、宙返り、

「あー良かった!!　無事だった」

上段から、早く早く並び終えて、
下三段は、夜中に飾った方がいいかな？
ボンボリ見つけて手をたたき、
ひなあられを、お口にいっぱい次々と、
嬉しそうに、「マンマ、マンマ」もぐもぐ。
「待っててね、アータンお利口さんになるから？」
「本当に？　お利口さんアータンになれるかな？」
くたくたで、立ち上がれない一日でした。

〝先がお楽しみ〟。勇気ある我が子に幸あれ!!

ガリガリゴリゴリ

冷蔵庫のドアが、そっと開いた。
「アッアレダ!! ある!! あるぞ、チーズだ」
サッと持って!! 〝エッチラオッチラ〟
〝ヨタヨタ〟なのに、何故か速い。
大きなチーズを、〝ゴロリ〟と持って、
〝ガリガリゴリゴリ〟かじっている!!
あっけにとられて、見つめるばかり。

小さな手なのに、吸盤のように力強く、
必死になって、小さな口でかじっている。

美味しそうに、嬉しそうに〝にっこり〟と、

〝ガリガリゴリゴリ〟「ママ、ママ」

「明日からチーズを、追加するね。少々だけど」

「ママに教えてくれて、ありがとう」

忙しいママを、助けてねアータン。

いたずら我が子は、小さな先生代わりなり。


親は我が子のいたずらをよく見て、勉強すること大切。

ふうふうエンヤコラ

公園で、さんざん友達と次々遊んで!!
お家に帰らず、信号無視で、平ちゃら。
「ヒヤー恐ろしや、車に轢かれる」
次は、〝スタコラのサッサ〟と、お店に入り、
小さいシュークリームを、〝ア〟お口に一個〝ポイ〟
〝パクパクパク〟で、にげてきた。「チビの悪ダメ」
お姉ちゃん、怒って怒って「つかれた、もういやー!!」

そのあと、寒中なのに、寒中なのに!!

小さな水たまりで〝ピチャピチャピチャピチャ〟

大喜びで、すごい速さで足ふみだ。

服もズボンも、あちこちぬれた。「コラ。ダメダメ」

お姉ちゃんは、ぬれチビをおんぶして、

〝ふうふうエンヤコラ〟五階まで必死だ!!

「偉いぞ、よく頑張った、お姉ちゃんありがとう」

「お姉ちゃん、アンガト。大チュキ」


悪チビを見守る姉は、苦労の連続。本当に助かっています。

男の子がいいの

家には、どうして男の子いないの？

「ママ、春タン、大きくなったら、
二人男の子、産むんだ。兄ちゃんと弟ほしい」

「家には、お姉ちゃんしかいないんだもん」

「ママ!!　色々と教えて、ねッ、ねッ」

ママは、びっくり仰天、オシャマ春タン。

もう、そんな事、考えているの？

「およそには、男の子いるからいいな!!

ケンちゃんは、お兄ちゃんがいるよ」

「うちもほしいな!! 損しちゃうよー」

「ママ、お願いだから!! もう一人、
もう一人産んでね!! ね、ね!!」

「パパに、相談してみるから。待ってて」

「ママ。きっとね!! 今度は、男の子だよ」

神様にパパに、お願いしておくわね。


オシャマな春タン、弟が欲しくなったんだね。

春タンは愉快なり

ママがお姉ちゃんを、さとしていると、

「お姉ちゃん、可哀そう、頑張って」

「ママ、もう叱らないで、お願い」

背中をなでて〝じっと〟している。

急に台所に行き〝ゴソゴソ〟お盆を見つけ、
お菓子とジュースを、〝ソロソロ〟と持って来た。

「姉ちゃん、これ食べて、ねっねっ？」

真剣な顔して、盛んに話しかける。

ママは、どうなることか、見ていると、

「春、ありがとう。一緒に食べよ」

「仲良く、二人でジュースを、飲もうか」

姉の涙を、妹が〝コチョ　コチョ〟ふいている。

春は、お姉ちゃん思いの、愉快な子!!

姉は、ヤンチャな妹の、お世話で大変？

お互いに助け合って!!　パパママ嬉しいよ。


個性の全く違う二人。〝協力して〟仲良くね。いついつまでも。

二人仲良く協力してね

姉「春、お願い!!　お姉(ねー)、今すごく、大変だから!!　手伝ってお願い」
春「自分の事は、自分でやってよ!!
お姉ちゃん、もう五年生だよ」
と、言って全々動こうとしないのだ。
春「お姉ちゃん、〝ボケッ〟としてないで
ちょっとは、助けてよ。困っているんだから」

姉「春だって、手伝わずに次々と、
文句ばっかし!!　一年のくせに意張りすぎ」
春「姉、妹は、助け合うんだよ?
五年なのに知らんかったの?　頭いいんでしょう」
姉「口ばかり達者で、生意気な
妹なんだから。苦労する!!　もう助けない」
ママ「二人仲良く、春はお姉ちゃんの
言う事をよくきいて!!　助け合ってネお願いだよ」
パパ「二人は協力して助け合う。これを忘れずに」

夢のお話で良かった

小さな池に、お姉ちゃんが、落ちた。
パパは〝ポカーン〟と見てるだけ、
ママは、ロープを、探しにあちこち走る。
お姉ちゃんは、頑張って一人で、
必死で、岩にしがみつきどうにか？
「恐ろしかった!!　死ぬ寸前で助かった」
「パパは、私を助けてくれなかった！」

「可愛くないから？　なんだ本当は！」

「お姉、それはない我が子だよ好きだよ!!」

これで？　ほっとした？　お姉ちゃん？

「危ない時は、助けたよ!!　でもお姉は
自力で頑張った!!　大した小学一年だ」

ママはいないし、パパはそばにいて、
助けようと思ったんだね、これ大事よ!!

「良かった。良かった。パパ大好き」


夢のお話で良かった。〝ポカーン〟のままのパパだめよ。

こわいよこわいよ

遊んでいたのに、春ちゃんが、走って来る。
ママがお風呂の、掃除を始めると!!
いつも決まって、心配をしてくれる。
「こわいよ!! こわいよ。落ちるよ!!」
「お水入っているの? 冷たいよ。
アー!! 良かった!! あぶないもんね」
ママの言うこと、覚えて同じ様に!!

一人前にしっかりと、注意してくれる。
夜おこたで、寝ていたのに、急に、
起きたと思ったら、〝ヨタヨタ〟と歩き、
「これママに、あげる。いいの、いいの!!」
ポッケのあめを、出して口に入れてくる。
「ママのこと、色々心配してくれるのね!!
春ちゃん、ありがとう。うれしいよ」
パパもママも願っているよ、今のままの優しさで。

仲良く元気で、病気もせずに事故もない事を願っています。

誰にも内緒

パパのこと、絶対に、言ったらだめ!!

「誰にも誰にも、内緒なんだ、本当だよ」

だってお話ししたら、取られちゃうもん。

「みんなが、欲しい、お願い」ときっと言うよ。

春パパ、大好きなんだ。〝一番に〟。一番はママ。

「すごくやさしい、いい人なんだよ」

ママ!!　パパと結婚出来て良かったね!!

「神様がくれたの？　何処から来たの？
ママは、神様にパパを、お願いしたの!!」
もうこんな事を、言う子になりました。
「春もパパみたいな人と、結婚するんだもん。
ママ、神様にお願いして!!　ねっ、ね!!」
ジジババはびっくり仰天!!　言葉が出ない。
「変な人いや、損するし、きらいなんだ」
先がお楽しみ、どんな方と結婚するのやら？
パパもママも〝おったまげ〟。感情発達の早い事!!

ママ心配しないで

最近、怖いニュースが多く不安になります。
我が家は、パパの帰りが、すごく遅い!!
ママはお箏を教えながら、子育て中。
頑張っているけど、三人共可愛い女の子。
「男子は、パパだけだから、何かの時、
お姉ちゃん!!　たのむよ。お願いね!!」
「ママ!!　心配しないで。変身するから」

「今日から、ガッチャマンだ。強いんだぞ」

「枕元に、刀と、水鉄砲を用意して寝るのだ」

その時、ドアを開ける音が〝ガチャ〟

刀と水鉄砲をさっと持って、〝しのび足だ〟

開いた時、刀を差し込み「エイヤーオー」

「パパだよ!! 助けてくれ!! ま、まいった」

ヤッター!! ガッチャマン!! すごいぞー。

たのもしいお姉ちゃん、ありがとう。ありがとう。


これから毎日よろしくね。助かるわ!! 心強いよ。

大きくなったら

お姉ちゃんは、本が大好き、一番大好き。
次々と偉人伝を、読み続けている!!
大きくなったら、キュリー夫人、津田梅子、
北里柴三郎とヘレンケラーと湯川秀樹、それから、
エジソンが、一番すごい人だと思う?
「エジソンは、家で実験やむずかしい本を読み、
勉強して、色々作って発明王になったんだよ」

「だからエジソンは、学校に全々行かなかったんだってよ！　偉い人だね」

「ママ、明日から学校休むことにした」

エジソンみたいに、家で勉強や、実験して発明王になると、言うのです。

「ちょちょと待って!!　エジソンは知力、能力、努力の持ち主なの!!　だからいいけど」

「お願いだから、学校には行く!!　約束よ」

その後（あと）は実験実験で、発明王のエジソンになるんだ!!

あとがき

私のお恥ずかしい育児自由詩をお読みいただきまして、
ありがとうございました。厚く御礼申し上げます。
どうか若いお父様、お母様、〝命は二つありません〟
大変な中、折角生まれた〝貴い力の命〟を、
どうか見守り育てて下さい。「お願い致します」
色々あると思いますが、多くの助けをいただき、
勇気を出して、強く生きて下さい。
尚、出版に当たり文芸社の青山様、座間様、
家族に感謝致します。

令和二年　八月十五日

オシャマのチビタがかきました

愉快な四人家族です。

我が家族の育児自由詩を読んでいただき、

ありがとうございました。

今も毎日“ハッスル中”です。

著者プロフィール

時の宮 斉る実（ときのみや　なるみ）

昭和16年生まれ。

長野県松川町出身、愛知県在住。

複数の専門学校を卒業後、数種の免許を取得。

赤十字病院、慶應義塾大学病院、その他複数の病院に勤務。

結婚後、箏曲三弦講師を30年、学習指導を40年務める。

平和への祈りを込めた作文を集めた書籍『宇宙平和賞』第一～三部を計1500冊制作。

ボランティア活動40年目。現在に至る。

本文イラスト／山本えりこ

ぱ～ま～の宝箱

2020年12月15日　初版第1刷発行

著　者　時の宮 斉る実
発行者　瓜谷 綱延
発行所　株式会社文芸社
〒160-0022　東京都新宿区新宿1－10－1
電話　03-5369-3060（代表）
03-5369-2299（販売）

印刷所　株式会社フクイン

ISBN978-4-286-22027-7